Au fil des saisons

notre catalogue complet sur
saintlegerproductions.fr

Angèle Jestin

Au fil des saisons

SAINT-LÉGER ÉDITIONS

Le printemps

Le printemps

Il semble imperceptible et, pourtant, il frémit,
Léger, très léger, dans le jour qui grandit.
L'air frais et diaphane doucement nous saisit
La nature fébrile s'éveille à bas bruit.

Ficaires et primevères se cachent dans les haies,
Discrètes et réservées, mouillées de rosée.
Dans les vignes, sourdement, la sève a gonflé,
Les bourgeons éclatent et s'ouvrent, étonnés.

Là-bas dans la plaine, les semailles ont levé,
Prélude aux moissons lointaines de l'été.
Lourde et généreuse, la terre s'est parée
D'un manteau de verdure aux couleurs diaprées.

L'eau claire serpente là-bas dans le ruisseau
Drapé de feuillages et serti de roseaux.
Son murmure cristallin rebondit en écho
Et l'écho se conjugue au chant des oiseaux.

Souple et odorant, un tapis de fougères
Repose sur l'écrin moussu de bruyères.
L'appel pénétrant du coucou solitaire,
Suspend un instant la marche buissonnière.

Le ciel est rincé après les giboulées,
La lumière diffuse sa vive clarté.
Dans les bois et sentiers, nous aimons musarder,
Léger, très léger, le printemps renaît.

La petite bête...

LA PETITE BÊTE NOUS EMBÊTE,
Elle vagabonde sans queue ni tête,
Ici et là, elle va elle vient
Et elle revient soir et matin,
La petite bête à l'air mesquin.

Elle fait la nique à Dominique,
À Bérangère et à Lucas,
À l'étranger à la voisine,
Ici et là, et au-delà
Et tout le monde reste sans voix.

Cette mutine est très coquine,
Dans nos maisons elle nous confine.
Le temps s'arrête, l'ennui nous guette,
Et tourne, tourne la girouette.
La petite bête nous inquiète.

Cette coquette n'est pas chouette,
Avec ses tours de pirouette.

Elle nous fatigue et nous intrigue
Mais… elle n'aura pas le dernier mot
Malgré la fièvre et tous les maux.

La petite bête n'est pas bête,
Sans faire de bruit elle nous soucie.
À pas feutrés elle nous surprend,
Par tous les vents des continents
Sans tintamarre, elle se répand.

La petite bête à l'air malin
Poursuit sa course avec entrain
Mais… quand la mort se fait cruelle,
Dans la nuit sombre de nos chagrins,
Montent les larmes de nos refrains.

Elle n'aura pas le dernier mot,
La petite bête sans queue ni tête.
Un jour viendra, elle s'épuisera.
Tombent les masques, vive la fête…
La petite bête n'était pas chouette !

La nuit

LA NUIT EST SI BELLE… DRAPÉE D'ÉTERNEL
Et de mille étincelles scintillant dans le ciel.

La nuit est profonde… au loin la guerre gronde
Et la douleur émonde aux quatre coins du monde.

La nuit est légère… la fête éphémère
Autour d'une bière et des jeux de lumière.

La nuit est si triste… au bal des artistes,
Le clown fantaisiste pleure sur la piste.

La nuit est patiente… et la lune insouciante
Soudain réenchante la vie en tourmente.

La nuit est si sombre… qui couvre de l'ombre
Les migrants en nombre cachés dans les décombres.

La nuit est bleutée… l'immense voie lactée
Infuse la paix dans les cœurs éprouvés.

La nuit est si longue…

Les jonquilles

LE PRINTEMPS A FRÉMI
Dans le matin bleui.
Les jonquilles ont fleuri
Dans l'herbe des prairies.

Dans les jardins aussi,
Leurs frimousses jolies
Préludent le retour,
Le retour des beaux jours.

Promesse de vie
Au temps des reverdies,
Forant le brouillard
De leur beauté sans fard,

Simples et sans façon,
Au carrefour des saisons,
Les jonquilles ont fleuri
Et nous avons souri.

Et les enfants ravis
Dans les prés ont cueilli
Des narcisses jaunis
Aux corolles épanouies.

Les fleurs odorantes
Aux parures éclatantes
Dissipent les soucis
Qui entravent la vie.

Au parfum des jonquilles,
Le printemps a frémi.
Et les cœurs au frimas
Retrouvent la joie.

Le silence de la nuit…

Le silence de la nuit, épais, nous saisit,
Si longues sont les heures qui vont à perdre cœur,
Qui vont à perdre l'âme, la guerre s'enflamme,
Tombent les bombes, la menace gronde.

Le silence de la nuit nous prend en étau,
Perforé, en écho, des bruits du chaos.
Sous le ciel étoilé, les missiles lancés
Éventrent des maisons par-delà l'horizon.

Le silence de la nuit, étrange, affermit
L'ardeur de lutter et de résister.
Les enfants, étonnés, continuent de jouer,
À la hâte, nous avons rassemblé des paquets.

Le silence de la nuit un instant ralentit
La marche du temps plombé de tourments,
Plombé de chagrin au retour du matin,
Une étreinte volée et tu nous as quittés…

Le silence de la nuit soudain nous transit,
Le cœur déchiré, nous avons tant pleuré.
Tu es parti à la guerre, combattant téméraire,
L'âme en déroute, nous avons pris la route.

Le silence de la nuit, sournois, nous poursuit,
Zébré d'une pluie de mitrailles rougies.
Tristes, aux aguets, nous avons marché
Jusqu'au bout du chemin, les bagages à la main.

Le silence de la nuit retient au pays
Les anciens arrimés à la terre tant aimée,
Les soldats embusqués à l'arrière des futaies,
Combattant, passionnés, pour notre liberté.

Le silence de la nuit sourdement gémit
Une plainte apeurée dans la froidure bleutée.
Par-delà la frontière, nous avons respiré,
Mêlant toutes nos larmes aux autres réfugiés.

Vannée

VANNÉE DE FATIGUE
Qui sourd et intrigue,
Tu marches à petits pas,
Les nuages sont bas.

Le ciel est à la pluie,
Le jour au ralenti,
Les maux à la tête
Cognent et inquiètent.

Le visage émacié,
Les cernes creusés,
Va le corps perclus
De malaises diffus.

Fébrile est ton front,
Tu ressens des frissons,
Le teint pâle, affaibli,
La vie est en sursis.

Le souffle plus court,
Tu espères alentour,
Un regard bienveillant,
La vie est en suspens.

Déjà le soir descend.
Tu souffres, tu attends,
L'heure du passage
Vers un nouveau rivage.

Mais la vie est la vie
Qui, fragile, bruit,
Ici et maintenant
Encore un peu de temps.

Vanné de fatigue
Qui sourd et intrigue,
Tu cherches réconfort,
Tu pleures… et tu t'endors.

En terrasse

ASSISE EN TERRASSE, TU SAVOURES UNE GLACE
Et un thé brûlant, s'étire le temps.

Le parasol ouvert voile la lumière,
Le ciel est clément au mitan du printemps.

Sur un bout de calepin, un crayon à la main,
Tu griffonnes des mots pour conjurer les maux.

Tout près du marché, les rues sont animées.
Le flot des passants flâne, nonchalant…

Ou, parfois, fébrile, un piéton se faufile,
Et presse le pas, chargé de cabas.

Au regard des visages heureux ou blafards,
Insouciants ou musards, tu crées des histoires.

Un badaud ralentit, le teint sombre et flétri,
Le sac alourdi du poids des soucis.

Au milieu de la foule, les heures s'écoulent,
Tu restes méditer, tranquille et posée.

Assise en terrasse dans le jour fugace,
Tu savoures la vie qui bat et bruit.

Le lilas

LE LILAS EST EN FLEUR, ENFIN ÉPANOUI,
Offrant sa douceur près du mur décrépi.

La pluie du matin exhale son parfum,
Dans la ruelle passante et l'air cristallin.

Le buisson de verdure dessine un clair-obscur
Drapant dans son écrin le lilas du jardin.

Sa blancheur éclatante ne cesse d'émouvoir,
Ses sommités pesantes touchent le regard.

La lumière se pose sur le mur décrépi,
Sur les lilas fleuris et les feuilles verdies.

La senteur enivrante des grappes odorantes
Embrase le cœur, passent les heures.

Sur la crédence de bois s'invite le lilas
Composé en bouquet dans un vase de grès.

À l'abri de mon toit, son baume délicat
Dissipe les tracas, j'éprouve la joie.

Je cueillerai du lilas dans un panier d'osier
Pour l'offrir aux amis que j'irai visiter.

Le merle chanteur siffle dans les haies,
Le lilas est en fleur sous le ciel printanier.

Les sens en éveil impriment la beauté
Légère et fugace des lilas parfumés.

Le temps des lilas s'achèvera bientôt.
Le lilas est fané, affleurent les sanglots.

Aux marges

AUX MARGES DE LA PAGE, D'UNE ÉCRITURE SERRÉE,
J'avais pris quelques notes rapides à la volée,
Soulignant le substrat du texte médité
Extrait d'une lecture qui m'avait touchée.
Dans le cahier au grain de papier épais,
Biffé d'un trait rouge qui les distinguait,
La norme et la marge ainsi se répondaient,
En aérant l'espace des différents feuillets.

Aux marges du pays sous un soleil de plomb,
L'étranger attendait avec ses compagnons,
Épuisé d'un voyage insécure et si long,
Il venait d'un village plus loin que l'horizon.
La guerre impitoyable chargée de tensions,
Un matin l'a chassé, il ne savait la raison.
Il avait tout perdu, ses proches et sa maison,
Et voulait retrouver la dignité de son nom.

Aux marges du temps dans sa course effrénée,
Tissé de rendez-vous, de multiples projets,

Sur les sentiers perdus, je vais musarder,
Au rythme des pas, tranquilles et posés.
S'étire le jour, tout simple et familier
À lire et penser dans le silence feutré.
L'écriture se déploie, sobre et appliquée,
Ciselant au plus près les mots ajustés.

Aux marges de la vie lestée de soucis,
Les enfants blessés sont en larmes et crient,
Les banlieues s'embrasent au retour de la nuit,
Je me tiens aux aguets, je veille et j'écris.
L'écho d'une plainte sourdement frémit
Dans la rumeur du monde qui vient jusqu'ici.
Je garde à l'intime l'enfant qui gémit
L'étranger qui a fui et les banlieues meurtries.

Aux marges de la norme qui lisse et polit,
Banales sont les heures insipides d'ennui,
Étranges et différents, demeurent mes amis,
À la fois spontanés et débordants de vie.
Ils gardent dans le cœur un brin de fantaisie
Patinée de fraîcheur dans les regards réjouis.
Quand l'ombre de l'angoisse soudain les saisit
Ils viennent quémander réconfort et appui.

La marge et la norme esquissent un pas de danse,
Se cherchent, se trouvent et perdent la cadence.
La norme crée la marge au jeu de la distance
Et des peurs qui érigent des murs d'indifférence.

La marge s'éloigne et entre en dissidence,
Le temps poursuit sa course en quête d'insouciance.
Je retrouve mon âme drapée de patience,
Aux marges du cœur, j'écris dans le silence.

Vivre

VIVRE CHAQUE INSTANT,
Sans hâte, patiemment,
Goûter le présent,
Ici et maintenant.

Vivre les passages
Menant au grand large,
Quitter les ancrages
Et partir en voyage.

Vivre sans compter
Les regrets du passé,
Arrimés aux projets
Dessinant nouveauté.

Vivre d'aventure,
Tendre la voilure,
Humer un air très pur,
Conjurer les blessures.

Vivre à contretemps,
Les voiles dans le vent,
Voguant sur l'océan,
Au retour du printemps.

Vivre au diapason,
Et battre pavillon,
Les cœurs à l'unisson,
Accordant leurs violons.

Vivre l'unité,
L'âme réconciliée,
Ourlée de fils tissés,
Dans la fraternité.

L’été

Touches estivales

SOUS LE SOLEIL ARDENT,
Un lézard nonchalant,
Se moque du temps.

Un tapis de bruyère
Capte la lumière
Près de la clairière.

Les coquelicots jolis
Éclaboussent de vie,
Dans l'herbe des prairies.

Une mouche polissonne
Sur la vitre se cogne,
Et de nouveau vibrionne.

L'eau claire du ruisseau
Serpente là-haut
À flanc de coteau.

Les frêles sauterelles
Frémissent des ailes
Sur la balancelle.

Sous l'écorce moussue
Des souches feuillues
Trottent les fourmis, têtues.

La résine des pins
Embaume les mains.
Nous flânons, sereins.

La vie va…

CALME EST LA NATURE,
Foisonne la verdure,
Fleurissent les pâtures,
La vie va et murmure.

Vogue à l'aventure,
Sur l'océan azur,
Gonflent les voilures,
Traçant à vive allure.

La vie bat la mesure,
Au jeu de l'écriture,
Esquisse une peinture,
Invente des textures.

Sous le ciel gris obscur,
Saigne la blessure
Des liens qui se fracturent,
Demeure la morsure.

Dans les tendres ramures,
Sourd le murmure
D'une cantate pure,
La vie va et suture.

Les migrants

À L'ISSUE DU SAUVETAGE,
Sur une vieille barge,
Des migrants de passage,
Approchent du rivage.

Sous le ciel gris d'orage,
Voilé de nuages,
Et de tous les mirages,
Ils forcent le courage.

Les traits de leurs visages,
Dénoncent les outrages,
Le mal qui ravage,
Et le fourbe équipage.

Délestés des paquetages,
Les migrants de tous âges,
Assignent témoignage
Et cherchent un ancrage,

La vie en héritage,
Façonner son ouvrage,
Et tracer son sillage,
Loin des guerres qui ragent.

Déjà, dans le village,
Court le message :

Des migrants de passage,
Éreintés du voyage,
Et sauvés d'un naufrage,
Attendent sur la plage,
Du pain, un breuvage,
Aux saveurs du partage.

Les tilleuls

DRAPÉS DE DOUCEUR,
Les tilleuls en fleurs
Donnent du bonheur.

Dans l'éclat du matin,
Les tilleuls au jardin,
Infusent leurs parfums.

Les tilleuls argentés,
Répandent à la volée,
Leurs effluves légers.

À l'ombre des tilleuls,
Au frais, je me recueille,
Et chante le bouvreuil.

Sous le feuillage ardent,
Des tilleuls odorants,
S'arrête le temps.

Les tilleuls en fleurs,
Embaument mon cœur,
D'ineffables senteurs.

À l'ombre des tilleuls,
En paix, je me recueille,
Et joue un écureuil.

À l'orient

À L'ORIENT DES FRONTIÈRES FRACASSE LA GUERRE,
Tandis qu'au matin, venant des lointains,
Le jour lèvera dans l'aube blanchie
Chassant les derniers lambeaux de la nuit.

Une lueur ardente aux coloris de feux
Tracera, peu à peu, dans le ciel ouateux
Un faisceau de lumière, vive et légère.
Le jour lèvera dans tout son éclat.

Un coq chantera dans le bourg assoupi
Rompant le silence épais de la nuit.
La voisine au lever ouvrira ses volets,
Une porte claquera, la vie s'éveillera.

***

Les tartines grillées, un nuage de lait,
L'odeur du café frétille sous le nez.
Affleure le bonheur du quotidien ourlé
De gestes familiers patiemment tressés.

Au frais du matin, une balade au jardin,
Les pieds dans la rosée, l'âme dilatée,
Des feuilles de menthe aux senteurs poivrées
Sont liées en bouquet dans un panier d'osier…

La vie en éclat et le cœur qui bat,
Demeure la douleur du monde qui va.
Sourdent les tourments du côté du levant.
À l'orient des frontières, fracasse la guerre.

L'orage

LES NUAGES AUX ABOIS GALOPENT DANS LE CIEL.
Au loin, l'orage gronde et, fougueux, harcèle.

Mutins, les éclairs zèbrent sans fin,
Le vent fou déferle en rafales, soudain.

La crainte saisit et tient à l'étroit.
Déjà, la grêle tombe, martèle les toits.

La menace prégnante pour le vignoble en fleur
Retient notre souffle et suscite la peur.

Les nuages, noirs d'encre, suintent la douleur.
Crépitent les grêlons si lourds de rancœur.

Engouffré sous les portes et les contrevents,
Fouette le vent fou, cinglant et violent.

Le fracas de l'orage s'éloigne dans la nuit.
Au matin, les prairies sont saturées de pluie.

La terre lessivée se drape de fraîcheur,
À l'horizon bleuté, frémissent les couleurs.

Dans la nature froissée, nous allons, sidérés.
Des arbres sont cassés, une grange éventrée.

Le silence enveloppe les vignes dévastées,
Dévastés sont les cœurs frappés de stupeur.

Stupeur et colère et chagrin enfoui,
Battent la chamade dans les âmes meurtries.

Sous le ciel de traîne, le jour est au répit.
Les nuages moutonnent, demeurent les soucis.

L'odeur des foins coupés

LA LUMIÈRE BLEUTÉE
Drape la vallée
D'une douce clarté,
Aux paisibles reflets.

Au seuil de l'été,
L'odeur des foins coupés,
Aux relents épicés,
Chatouille le nez.

Sous le vent léger,
Ondulent les haies
Drapées de graminées,
Aux épis serrés.

L'odeur des foins coupés
Aux effluves secrets,
Enivre mes pensées
De joie et de regrets.

L'alouette des prés,
Aux trilles flûtés,
A pris sa volée,
Dans le ciel azuré.

Les sens aiguisés,
Rassasiée de beauté,
Je vais sur les sentiers,
Fleuris et ombragés.

Au seuil de l'été,
L'odeur des foins coupés
Pénètre la vallée.
Le jour est apaisé.

Au pays du pavot

L'ÉCHO SOUDAIN
D'une plainte sans fin
Dans un pays lointain
Sourdement étreint.

L'angoisse et les pleurs,
Et le cri de douleur
Des afghans qui ont peur
Déchire le cœur.

L'âme en émoi,
Ressent de l'effroi.
Nous restons sans voix
Et nous avons froid.

Les images du chaos
Au pays du pavot
Soulèvent des sanglots,
Nous allons le cœur gros,

Offrant en partage
Tant de visages
Voilés de nuages
Et de tous les outrages…

Offrant la béance
Et la désespérance
Du peuple de l'errance,
Demeure l'impatience.

Commence l'attente,
Fébrile et ardente,
De matins lumineux
Et de jours plus heureux.

Le caillou

LE CAILLOU DANS LA CHAUSSURE FORE LA BLESSURE
Suintant à l'étroit au revers de ton doigt ;
L'orteil écorché lance dans le pied
Freinant le mouvement des pas en avant.

Les brisures de la vie sourdent, à bas bruit,
Enfouies dans les plis de ton âme meurtrie.
Sur des routes improbables, tu vas, vulnérable,
Triste, esseulé, en mal d'amitié.

Les épines acérées serties sur le rosier
Incisent la main qui saigne, soudain.
Tu cueilles une fleur en gage de bonheur,
Trois gouttes de sang vrillent les sentiments.

La morsure du temps érode ton élan,
Le pas est plus lent et quelques cheveux blancs
Argentent ton visage, et l'usure de l'âge
Prélude la saison quand pleurent les violons.

L'ombre du cafard voile ton regard :
Sonne le glas, écho du désarroi.
Nous n'irons jamais plus flâner dans les bois.
La vie se retire, dans un dernier soupir.

La fête est finie

Des pétales fanés,
Dans un vase de grès,
Une veste oubliée
Dans la salle à manger.

Les restes du repas
Gardés dans un plat,
Le temps qui s'en va
Et l'écho de nos voix.

Les candélabres éteints,
Des miettes de pain,
Une tache de vin,
Sur la nappe de lin.

Sur le bord de l'évier,
Les couverts empilés,
Des chansons envolées,
La vaisselle négligée.

La fête est finie,
Les amis sont partis.
Les rires éblouis,
Se sont évanouis.

Va la vie alentour,
À pas de velours.
Demeurent les jours
Et l'amitié toujours.

L'automne

L'automne

L'AUTOMNE FLEURIT SUR LES FEUILLES JAUNIES,
L'automne s'en vient au hasard des chemins,
Nous allons balader nos rêves et nos chagrins,
Glaner nos souvenirs au creux de nos mains.

S'étire l'automne dans les nuages gris,
Nous aimons musarder dans le secret des bois,
Fouler les sentiers, rassasiés de joie,
Enivrés de l'odeur de la sève pourrie.

L'automne s'affole, la terre se dénude,
La terre se nourrit du parfum de ses cendres,
Les feuillages meurtris volent dans le vent
Et, les labours finis, la terre se repose.

L'automne se drape de couleurs flétries
Par les gelées précoces au sortir de la nuit,
Nous allons ramasser les champignons discrets,
Et des prunes sauvages cachées dans les haies.

Pleure l'automne comme nos amours mortes,
Gémit le vent d'ouest sur le pas de la porte.
Nous aimons retrouver les saveurs du passé,
Les châtaignes grillées au feu de cheminée.

L'automne s'en va, nous voulons retenir
Le temps qui court et court à perdre haleine,
Demeurer sous les pâles rayons du soleil.
L'automne s'éteint, embrumé de crachin.

Complainte de l'exil

Je suis née d'un pays de fruits et de soleil,
De jardins flamboyants et de mille merveilles.
Je suis née de l'exil et des migrants qui saignent
La douleur enfouie et la mémoire en peine.

Je suis née d'un pays à l'histoire au long cours,
Venant du fond des temps à pas de velours.
Je suis née de l'exil un matin de printemps,
Dans une ville froide balayée par le vent.

Je suis née d'un pays meurtri par la guerre,
La peur et les mensonges infusant la misère.
Je suis née de l'exil dans une barre austère,
Étrange et étrangère aux sentiments amers.

Je suis née d'un pays aux ancrages d'antan,
À la langue savoureuse, aux marchés luxuriants.
Je suis née de l'exil, si lourd de tourments,
Voilé de tristesse et de souvenirs béants.

Je suis née d'un pays d'épices et de parfums,
D'étoffes précieuses, de poètes magiciens.
Je suis née de l'exil aux lugubres refrains
Qui hantent les nuits de sanglots incertains.

Je suis née d'un pays chatoyant de couleurs,
La lumière irisant les plaines en douceur.
Je suis née de l'exil, d'ici et d'ailleurs,
Avec la nostalgie pour unique demeure.

Je suis née d'un pays plus loin que l'horizon,
De vignes généreuses, de rires et de chansons.
Je suis née de l'exil, le cœur vagabond,
Pleurant la terre natale là-bas à l'abandon…

L'abandon du pays des fruits et du soleil,
Des jardins flamboyants et de mille merveilles…
Je suis née de l'exil et des peuples déracinés,
Avec un goût de cendres dans l'âme désolée.

Les feuilles mortes

J'AI RAMASSÉ DES FEUILLES MORTES,
Sur le pas de ma porte…

Avec ardeur et entrain,
Une pelle à la main,
Je les ai entassées
Dans la brouette du jardin.

Emportées par le vent
De l'automne en tourment,
Les feuilles froissées
Jonchaient dans les allées.

Sous les coups de balai,
Les feuilles crissaient,
Craquantes et meurtries
Aux combats de la vie.

La vie qui s'en va,
Crissent nos pas…

Au tourbillon des saisons,
Qui filent à l'horizon.

Sur le pas de ma porte,
J'ai ramassé des feuilles mortes.

L'humeur vagabonde

L'HUMEUR VAGABONDE M'ENTRAÎNE AU MATIN,
Dans la fraîcheur bleutée, je marche avec entrain.
Contemplant les collines paisibles au lointain,
Je vais ici et là et cela me va bien.
Le silence se drape de murmures soudains,
Au pas des pèlerins, je trace mon chemin.

L'humeur vagabonde donne le tempo,
Je m'en vais musarder là-haut dans les coteaux.
S'écoulent les heures, j'entends en écho,
La rumeur de la plaine où bruissent les travaux.
La fatigue me gagne, je pose mon ballot,
Un tapis de fougères m'invite au repos.

L'humeur vagabonde dissipe les tourments
Qui plombent le cœur, le jour est pesant.
Je vais me balader et, patiente, j'attends
Une sève nouvelle infusant de l'élan.
L'ardeur se réveille et, le cœur résilient,
Je poursuis la promenade au bord de l'étang.

L'humeur vagabonde m'attire dans les bois,
Je m'en vais buissonnant dans les sentes, à l'étroit.
Les couleurs de l'automne dans les haies chatoient,
Les feuillages jaunis craquent sous les pas.
Je cueille à la volée des châtaignes et des noix,
La terre putride colle sur les doigts.

L'humeur vagabonde me ramène sous mon toit,
Déjà le soir tombe et tenaille le froid.
Un breuvage de vin chaud m'enivre de joie
Tandis que, dans l'âtre, les flammes rougeoient.
L'humeur vagabonde, je médite tout bas
Devant la beauté d'un simple feu de bois.

Le rêve

VENANT DES LOINTAINS PAR DES ROUTES IMPROBABLES,
Exilés de l'orient, fragiles et vulnérables,
Ils ont tant espéré, espoir ineffable…

Fouler une terre loin de la guerre,
Qui sème le chaos et creuse les frontières.
Sur la mer déchaînée, le rêve s'est brisé.

Fracassés par les flots, les canots ont plié,
Sur les eaux couleur d'encre, les secours ont échoué,
Les gilets de sauvetage flottent, dispersés.

Les vagues en furie ont tout emporté.
Sur les berges mouillées, les corps inanimés
Forcent le silence des passants, sidérés.

Dans la nuit endeuillée, l'espoir s'est envolé.
Aux lueurs de l'aurore, la tempête s'est calmée,
Laissant la mer immense, étale et apaisée.

Déchirés sont les cœurs des migrants en pleurs,
Criant désespérance au feu de la douleur,
Ou fuyant dans l'errance, muselés de peurs.

Au feu de la misère en terre étrangère,
Dans les camps de transit, la vie se délite.
Quand donc se lèvera un matin de lumière ?

Ce goût de cendre

Ce goût de cendre étreint,
Enserre au matin,
Dans les jours de grisaille,
Le cœur en tenaille.

Ce goût de cendre revient,
Ronge sans fin ;
La vie se lézarde
Creusant des échardes.

Ce goût de cendre dans la bouche,
Amère escarmouche,
Plombe les heures
Qui vont à perdre cœur.

Ce goût de cendre murmure,
Insidieux, et susurre
Une complainte triste
Qui taraude et persiste.

Ce goût de cendre poursuit
Dans les nuits d'insomnie
Traversées de douleurs,
Sourdent les peurs.

Ce goût de cendre dans la voix
À l'ombre de la croix…
L'âme chavire,
Le voile se déchire.

Dans les bois

Un tapis de feuillages craque sous les pas,
Nous aimons à l'automne marcher dans les bois.
Sous les couverts ambrés des beaux châtaigniers,
Chatoient de reflets les frondaisons dorées.

Des bogues sont tombées, crissant sous les souliers.
Nous cueillons des châtaignes à l'écorce lustrée
Et quelques champignons à la peau satinée,
Cachés dans les futaies humides de rosée.

Une laie a tracé avec ses petits
Un passage enfoui dans les buissons jaunis.
Un vol d'oies sauvages perce les nuages,
Quittant le pays pour d'autres rivages.

Craquent nos pas dans le silence des bois,
Perlé de bruissements qui sourdent tout bas.
Affleure la rumeur du monde qui va,
Frappé de douleurs tapies dans les cœurs.

Les senteurs de l'automne montent des allées,
Terreuses et mouillées de végétaux fanés,
Embaumant l'air ambiant de relents musqués ;
Légèrement enivrés, nous restons musarder.

Des coupes de bois patiemment débité,
En lisière des haies sont déjà encordées.
Craque le bois mort drapé dans l'oubli,
Comme craquent nos vies lestées de soucis.

Baignés de fraîcheur, goûtant les p'tits bonheurs,
S'étire le temps qui va nonchalant.
La pénombre descend, nous rentrons à la maison.
La morte-saison se profile à l'horizon.

Une visite

UNE VISITE, UN BONJOUR, LA CHAMBRE À CONTRE-JOUR,
Ton sourire étonné et tes joues creusées…
La nuit comme le jour, le vague à l'âme sourd,
Tu vas, désorientée, et le cœur froissé.

Sur tes cheveux cendrés, le foulard est noué.
Tu marches à petits pas, lents et maladroits.
Dans le parc arboré, le fond d'air est frais,
Sur ta canne appuyée, tu avances, usée.

Le dos est voûté et les mains croisées,
Tu demeures en silence, apprenant la patience.
Assise sur le banc, la caresse du vent
Frôle ton visage, parchemin du grand âge.

Les bribes du passé viennent tourmenter
La mémoire altérée de tes jeunes années.
Les souvenirs perdus du temps révolu
S'égrènent en lambeaux, tu cherches les mots.

Tenace, tu tâtonnes et, soudain, tu fredonnes,
De ta voix fripée, un refrain oublié,
Une chanson lointaine, tendre et sereine
Des jours d'autrefois, tu ressens de l'émoi.

Ton visage s'anime d'une joie très intime
Furtive et légère, tes beaux yeux s'éclairent
D'un éclat malicieux, instants très heureux…
Mais la brume revient, ton regard s'éteint.

La fatigue tenaille, te prend aux entrailles,
Le souffle est plus court, tu maudis ce jour.
Monte la colère et tu désespères,
Tu dors ou tu veilles, tu tombes de sommeil.

Dans la nuit tu t'agites, la vie se délite.
Au retour du matin, tu manques d'entrain.
Un zeste de parfum apaise ton chagrin.
Je te prends par la main, douce, tu m'étreins.

Le corps épuisé et l'esprit embrumé,
Pas à pas, tu t'en vas, vers la rive là-bas.
Tu t'éloignes sans bruit, la source se tarit.
La visite est finie, je m'en vais sous la pluie.

Le ballot sur l'épaule

Le ballot sur l'épaule, il allait son chemin,
Qu'il pleuve ou qu'il vente du soir au matin.
Il portait sur l'épaule le poids des chagrins,
Suintant la misère et les galères sans fin.

Les ballots de paille dorée des moissons de l'été,
Disposés en quinconce après la coupe des blés
Dormaient dans les chaumes à l'arrière-saison,
Quand les jeux de lumière fondaient à l'horizon.

Le ballot sur l'épaule, méditant son chemin,
Un chemin dans les marges en guise de destin,
Il portait sur l'épaule le fardeau trop lourd
D'une vie sans amour dans la bruine des jours.

Les ballots de paille blonde en bas de la colline,
Dans le creux du vallon bruissaient en sourdine,
Quand le vent fredonnait au retour de l'automne
Une complainte vague, triste et monotone.

Le ballot sur l'épaule, sur le bord du chemin,
La fatigue dans les reins, il s'arrêta enfin.
Patiemment, il mangea pour unique festin,
Un quignon de pain bis, coupé d'eau et de vin.

Les ballots de paille sèche formaient un écrin,
L'abritant pour la nuit qui descendait soudain.
Avant de s'endormir sous le ciel cristallin
Il scruta les étoiles, sifflant un refrain.

Le ballot sur l'épaule, il reprit son chemin,
Quand l'aube frémit dans la rosée du matin.
Lesté de misère mais libre et mutin,
Il allait son chemin par-delà les lointains.

Au temps du souvenir

Les feuillages meurtris volent dans le vent,
L'automne mouillé se drape de tourments.
Lessivés sont les cœurs, ruissellent les pleurs,
La pluie est tombée dans la suite des heures.

Marchant à l'abri des cabans et parapluies,
La fraîcheur saisit, le ciel est tout gris.
Au cimetière du village, les tombes fleuries
Éveillent des soupirs, au temps du souvenir.

Pour conjurer l'oubli, un instant, recueillis,
Nous avons déposé des bruyères épanouies.
Revient la Toussaint avec son lot de chagrins,
À l'intime du cœur, la tristesse affleure.

Nous restons à l'abri dans l'ambiance feutrée
D'un premier feu de bois qui crépite léger.
Virevoltent les flammes qui réchauffent nos âmes,
Un vin chaud parfumé nous a réconfortés.

À l'ombre des regrets, la mémoire aiguisée
Visite le passé, lointain et voilé,
Traversé de bonheurs enfouis et secrets,
Et de liens froissés au fil des années.

Les jours sont plus courts, le vague à l'âme sourd,
La morsure du temps gémit dans le vent
Qui fracasse la nuit, furieux et cinglant.
Demeurent les soupirs, au temps du souvenir.

L'hiver

L'hiver n'en finit pas

L'HIVER N'EN FINIT PAS
Qui dévide tout bas
Sa pelote de froid
Dans les cœurs aux abois.

L'hiver est tout gris
Qui, triste, gémit
Une plainte assoupie,
Susurrant l'ennui.

L'hiver est bien las
Suintant le frimas
Jusqu'au bout de nos doigts,
Gourds de désarroi.

L'hiver est gelé,
Et les arbres givrés
Pleurent, désœuvrés,
Sous le ciel plombé.

L'hiver est si long
À l'abri des maisons.
La morte-saison
Infuse le mouron.

L'hiver est cinglant
Au tumulte du vent,
Et le froid mordant
Aiguise les tourments.

L'hiver n'en finit pas
Et les cœurs en émoi
Attendent les jours…
Les jours pleins d'éclat.

Le chagrin

TON REGARD ÉTEINT
Masque le chagrin
Et le désarroi,
Dehors, il fait froid.

Le ciel est voilé,
Et ton cœur brisé
Se drape de replis,
Douleurs enfouies.

Les roses au jardin
Égrènent leur chagrin,
Gouttes de rosée
Dans le jour mouillé.

Les bleus de ton âme,
Transpirent le drame,
Suintant à bas bruit
Dans ta chair meurtrie.

À l'intime du cœur,
Victime, tu pleures
L'outrage subi
Au printemps de la vie.

Les roses au jardin,
Frémissant de chagrin,
Fanent dans l'oubli.
Dehors, il fait gris.

Passent les années,
Mornes et enkystées.
Un jour, tu respires,
Le voile se déchire.

La parole hésitante,
Tâtonne et s'invente,
Trace son chemin,
Libère du chagrin.

S'ouvre ton regard,
Perforant le brouillard.
Un rayon de soleil
Éclaire le ciel.

Le feu de bois

MAGIQUE SÉSAME,
Qui apaise ton âme
Secrète de femme,
Crépitent les flammes.

Ardente lueur,
Qui sèche les pleurs,
Imprime douceur,
Dans les replis du cœur.

Dans l'ambiance feutrée,
Des longues veillées,
Tu aimes rêver
Devant la cheminée.

Craque le bois mort,
En lumineux décor,
Offrant réconfort,
Cogne le vent, dehors.

Devant le feu de bois
Tu demeures sans voix,
Infuse tout bas,
Une indicible joie.

La guerre

LA GUERRE N'EST PAS FINIE,
Qui blesse à l'infini
Les hommes meurtris
Sous le ciel rougi.

Jusqu'au bout de la nuit,
Le mensonge détruit,
Le mal asservit
Et l'enfant gémit.

Par-delà les lointains,
Les soldats au matin
Tombent, soudain,
Une bombe à la main.

Noyés de chagrin,
Le regard éteint,
Deux ou trois orphelins
Fuient près d'un ravin.

Le feu des armes broie,
Plonge dans l'effroi,
Les femmes en désarroi
Pleurent dans le froid.

L'horizon instable
Prélude l'improbable.
La haine implacable
Ronge, impitoyable.

La guerre n'est pas finie
Qui tue à l'infini.
Douleurs ineffables…
Dans les cœurs vulnérables.

Un cœur en hiver

TU AS GRANDI QUELQUE PART, LÀ-BAS, DANS UNE BARRE,
Triste et reclus, dans une banlieue perdue.

La misère suintait en bas des escaliers,
À l'entrée de l'immeuble et sur les murs tagués.

Le mal du pays par-delà l'horizon,
Les coups à la maison et le père en prison.

La télé allumée tout au long des journées,
La mère dépassée, les cris à la volée.

Au retour de l'école, les devoirs négligés,
Avant de retrouver les copains du quartier.

Une enfance déçue, l'errance au coin des rues
Et, en guise d'espoir, les deals et le brouillard.

Les vols à main armée, les voitures brûlées,
Le visage tuméfié et le regard voilé.

Une vie en lambeaux dans les matins blafards,
Assignée dans les marges, la crasse et le cafard.

La bande résolue, la violence à mains nues,
La police aux abois, la fuite et le froid.

Une vie de galère pour un cœur en hiver,
Le froid de la nuit, la mort et l'oubli.

Tu as grandi quelque part, là-bas, dans une barre.

L'an neuf

L'an neuf se lèvera au bout de cette nuit,
Au rendez-vous des jours pour un nouveau récit,
Telle une page blanche qui, patiemment, s'écrit,
Au gré des sentiments qui traversent nos vies.

L'an neuf se lèvera sur nos joies et misères,
Dans le froid du matin qui gèlera nos terres,
Lumineuse clarté dans le ciel de l'hiver,
Apportant sa douceur aux heures solitaires.

L'an neuf se lèvera dans la rumeur du monde,
Par-delà l'horizon, quand la nuit est profonde
Pour tous ceux qui s'enfuient sur les routes vagabondes
Cherchant un pays loin des guerres qui grondent.

L'an neuf se lèvera avec les vœux offerts,
En saluant les voisins dans le village désert,
Et avec les amis quand on trinque le verre,
Autour d'un bon repas ou d'un simple dessert.

L'an neuf se lèvera préludant les promesses,
Qui embrasent le cœur au feu de la tendresse,
Ritournelle joyeuse empreinte de sagesse,
Balayant sur le seuil replis et tristesses.

L'an neuf se lèvera, éclatant de ferveur,
Éveillant dans nos âmes une nouvelle ardeur,
Pour la vie si précieuse assoiffée de bonheur,
Dessinant une esquisse aux multiples couleurs.

Le deuil

Sous un épais crachin,
Perclus de chagrin,
Tu t'éloignes, en vain.

Le corps désaccordé,
Comme un pantin usé,
Tu vas sur le sentier.

L'âme froissée
Éprouve, sidérée,
Une douleur voilée.

Baume de douceur,
Une gerbe de fleurs,
Touche le cœur.

Les larmes du regret
Coulent, perlées,
De tes yeux embués.

Dans le miroir brisé,
Tu perçois le reflet,
Du visage tant aimé.

La nuit est tombée,
Le temps s'est arrêté,
Le deuil a frappé.

Dans le bar enfumé

UN VERRE À LA MAIN
Qui tremble sans fin,
Au retour du matin,
Tu manques d'entrain.

Sur le zinc, appuyé,
Dans le bar enfumé,
Tu trouves réconfort,
Il fait si froid dehors.

Un verre pour trinquer,
Le temps d'oublier
Le poids de la vie,
Lestée de soucis,

Infusant tristesse,
Corrélée de détresse,
Tu conjures un instant
Le flot des tourments.

Un verre pour chasser
L'ennui des journées,
Éméché, désœuvré,
En mal de projets,

Tu titubes, inconnu,
Au coin d'une rue,
Sevré d'amitié,
Le cœur desséché.

Un verre, au soir venu,
Le regard perclus,
Sur le zinc, appuyé,
Dans le bar enfumé.

Accord

L'ÂME DRAPÉE DE REPLIS FROISSÉS,
Tu pleures les jours en discorde d'amour,
Le cœur écorché se ferme, couturé,
De silences pesants, lourds de tourments.

Les doigts effilés courent sur le clavier,
Égrènent trois notes, tristes, à la volée,
Se lassent de jouer sur le piano usé,
Le cœur désaccordé, tu vaques à tes journées.

Les bleus de ton âme dessinent la trame
D'un vêtement fripé aux coloris fanés.
Derrière le carreau, la pluie est tombée.
Demeure la douceur d'un feu de cheminée.

Les souvenirs enfouis sourdent la nuit,
Au long des longues heures, martèle la douleur.
L'ombre du passé voile de regrets
La marche du temps qui va, hésitant.

Derrière le carreau, la pluie s'est arrêtée.
Le feu rougeoyant réveille ton élan,
Embrase d'amour l'ordinaire du jour,
Accorde ton âme au jeu de la flamme.

Joie

Joie bleutée des matins embrumés,
Joie fébrile, la vie se faufile,
Joie familière des jours ordinaires.

Joie errante, aventure insouciante.

Joie légère, parfums éphémères,
Joie féconde, la moisson surabonde,
Joie ineffable, dressons une table.

Joie en écrin,
Au partage du pain,
Au breuvage du vin,
Joie sans fin.

Joie tressée aux fils d'amitié,
Joie intime, j'invente des rimes,
Joie ardente, flammes rougeoyantes.

Joie ancrée dans les fidélités.

Joie profonde, dansons une ronde,
Joie complice, fous rires en coulisses,
Joie secrète, au creuset de la fête.

Quatre saisons

Quatre saisons

Il gèle à pierre fendre sur les terres désolées,
Les vignes sont taillées et les sarments broyés.
Le silence enveloppe la campagne figée,
De la neige est tombée, c'était la nuit passée.
Le froid est mordant et le jour embrumé,
Un feu de bois crépite dans la cheminée.

C'est l'hiver dans nos âmes, moroses et affligées.

Un frémissement léger annonce le réveil
De la sève irriguant les plantes en sommeil.
Les violettes discrètes regardent vers le ciel,
Les primevères sauvages embaument de miel.
Des hirondelles volent et volent à tire d'aile,
La reverdie des jours nous tient en éveil.

Le printemps de retour nous émerveille.

La torpeur ralentit la nature assoupie,
La lumière irradie à l'heure de midi.

Les abeilles butinent les roses épanouies
Tandis qu'un papillon virevolte, surpris.
Un vent chaud caresse les visages brunis,
Le soleil est ardent, les pêches ont mûri.

C'est l'été qui rayonne et nous réjouit.

Les brumes matinales montent de la vallée
Et la fraîcheur des jours nous a rattrapés.
Les ramures sont drapées de tons mordorés,
Les enfants ont cueilli des pommes au verger.
La récolte des noix sèche sur des claies,
Avec les bolets, nous ferons une fricassée.

L'automne ravive la nostalgie du passé.

Sept

LUNDI RONCHONNE AVEC TOUS LES GRINCHEUX,
L'agenda est rempli et cela fait des nœuds.
La semaine est devant mais les cœurs ombrageux
Ruminent d'inquiétude comme des vagues en creux.

Mardi à l'école, le prof est sérieux,
Derrière ses lunettes, il semble studieux.
Mais les enfants distraits qui préfèrent les jeux
Attendent la récré pour s'évader un peu.

Mercredi est joyeux avec tous ses copains,
Réunis pour jouer dans l'abri du jardin.
Ils se sont déguisés en habits d'arlequin
Et battent la cadence au son des tambourins.

Jeudi est frileux et pleure la misère,
Atchoum éternue dans le froid de l'hiver.
Quand donc finira cette vie de galère ?
Écharpes et bonnets protègent des courants d'air.

Vendredi est timide, en retrait dans un coin.
Il est là, attristé, et le regard chagrin.
Une élève attentive lui donne un coup de main
Pour finir ses devoirs et trouver de l'entrain.

Samedi paresse, dormeur est assoupi.
Pas de classe aujourd'hui, bravo pour le répit !
Une partie de billes et vive les amis
Du quartier alentour pour faire une sortie.

Dimanche avec simplet, les cloches ont sonné,
L'ambiance est bien gaie, la famille a savouré
Une tarte aux citrons avant d'aller marcher
Dans la campagne fleurie sous le ciel printanier.

Ainsi vont les jours qui reviennent sans fin
Tels une complainte qui murmure un refrain.
Les nains de Blanche Neige en malicieux lutins
Font des clins d'œil taquins… et poursuivent leur chemin.

Au seuil

AU SEUIL DES MATINS, LE JOUR INCERTAIN
Se lève déjà, les nuages sont bas,
Forés de lumière qui filtre, légère ;
Depuis les lointains, monte un refrain.

Au seuil de la vie, un enfant sourit,
Sage, endormi dans l'ambiance ravie,
Drapé de tendresse et de mille promesses,
Traçant l'avenir au feu du désir.

Au seuil des vingt ans, fleurit le printemps.
Le cœur en débat ressent de l'émoi,
Recherche, fébrile, une terre d'exil
Et de nouveaux ancrages perlés de voyages.

Au seuil des combats qui jalonnent les pas
Sur les routes humaines ciselées de peines
Et de luttes sans fin pour un quignon de pain,
L'homme humilié retrouve dignité.

Au seuil des maisons, à l'arrière-saison,
Les parterres défraîchis tombent dans l'oubli,
Un portail délabré, grince, rouillé,
Quelques feuilles mortes volent, frivoles.

Au seuil de la nuit, silencieuse et bleuie,
Le souffle, un instant, retient son élan,
Anime l'ancien qui demeure serein
À l'heure du passage, là-bas, vers le grand large.

Le gris bleu

Le gris bleu des matins embrumés de crachin
Drape l'horizon à l'arrière-saison.

Le gris bleu des nuages prélude l'orage
Qui gronde soudain et martèle sans fin.

Le gris bleu de la mer assigne la colère
Des flots sur l'océan ourlés de tourments.

Le gris bleu des ardoises sous le ciel d'Iroise
Miroite de reflets sur les toits mouillés.

Le gris bleu délicat d'une haie d'hortensias
Surprend les passants qui vont, nonchalants.

Le gris bleu des pastels sur fonds d'aquarelle
Pacifie le tableau des voiles sur l'eau.

Le gris bleu de ton âme se réchauffe à la flamme
Qui brûle, incandescente, d'une lueur ardente.

Le gris bleu de la nuit ouvre à l'infini
Nimbé de clarté et de sérénité.

La source

De tes doigts mouillés, tu grattes la terre,
Humide et moussue, aux senteurs amères.
L'attente est fiévreuse, la quête fougueuse,
Tenace, tu creuses, de tes mains calleuses.

Soudain, tu perçois au bout de tes doigts,
Un filet étroit qui sourd et tournoie
Et tournoie sans fin, se perd et revient,
Lové en écrin, au creux de tes mains.

Une source jaillit et, limpide, bruit
De sons cristallins dans l'éclat du matin.
L'eau se faufile en sillons fébriles
Perlés de reflets aux touches argentées.

L'eau pure caracole, dessine des rigoles,
Se cache un instant, rebondit en avant,
Recherche son lit de pierres polies,
Serpente en ruisseau serti de roseaux.

L'eau claire poursuit sa course infinie,
De cascade en rivière, du fleuve à la mer,
Charriant, épurés, les sédiments secrets
Qui tracent la vie, heureuse ou meurtrie.

Enfouie dans le cœur, la source demeure.
Baignée de fraîcheur, elle dissipe les peurs.
Vive et ardente, intrépide ou patiente,
Elle irrigue les jours au sel de l'amour.

Léger, légère

LÉGER COMME UN PARFUM
Dans le ciel cristallin,
Légère comme une fleur,
Drapée de couleurs.

Léger comme le vent,
Sous le soleil ardent,
Légère comme poussière,
Dans un rai de lumière.

Léger comme l'été,
Dans les nuages bleutés,
Légère comme une plume
Valsant dans la brume.

Léger comme un murmure,
Au souffle très pur,
Légère comme une flamme,
Au creuset de mon âme.

Léger comme l'encens,
Qui s'élève insouciant,
Légères comme les perles
De rosée et de miel.

Légers comme les flocons
De neige en tourbillon,
Légère comme la vie,
Quand la vie sourit.

Léger comme le jour
Au printemps des amours.

Couleurs

QUAND LES JOURS SONT VERTS, DANS LES BOIS ET CLAIRIÈRES
Tamise la lumière sur les tendres fougères.
Le printemps verdoyant et les fleurs dans les champs
Préludent à l'horizon le temps des fenaisons.

Quand les jours sont gris, sous la brume et la pluie,
La vie pleure et s'ennuie, le cœur se rétrécit.
La chaussée est glissante et, dans les rues passantes,
Les parkas sont sorties, les parapluies aussi.

Quand les jours sont rouges, au temps des roses rouges
Qui fleurissent l'été sur les murs empierrés,
C'est l'heure de composer des roses en bouquet,
Mais l'épine a piqué et ton cœur a saigné.

Quand les jours sont bleus, limpide est le ciel
Où les mouettes rieuses volent à tire d'aile.
La mer étale et azur fredonne une romance
Berçant les voiles blanches qui voguent sur la Manche.

Quand les jours sont jaunes, la fanfare claironne.
Guignols et marionnettes sont les rois de la fête !
Les enfants de l'école ouvrent la farandole,
Les lumières et la joie donnent de l'émoi.

Quand les jours sont roux et l'automne très doux,
Dans le parc arboré, nous aimons partager.
Les couleurs mordorées chatoient sur les feuillages
Et même les visages des amis de passage.

Quand les jours sont bruns, sur la plaine au lointain,
La terre lourde et boueuse colle aux mains calleuses.
Au sortir des labours, dans la terre endormie,
Les semailles enfouies germeront sans bruit.

Quand les jours sont orange, nous aimons le mélange
Des saveurs aigres-douces du canard à l'orange.
Le plat dégage son fumet sur la table nappée,
Et les bougies scintillent de reflets irisés.

Quand les jours sont violets, pour les cœurs endeuillés
Demeurent les souvenirs, la peine et les soupirs.
La tombe est désertée, les fleurs sont fanées.
Notre ami est parti vers le voyage infini.

Quand un bel arc-en-ciel se déploie dans le ciel,
Le jour est à l'orage, chargé de nuages.
Dessine l'arc-en-ciel une frêle passerelle,
Au creux de l'âme sourd l'attente de ton retour.

Les brumes

LES BRUMES DE L'HIVER ENCHÂSSENT LES TERRES
Et les basses vallées dans un voile épais.
Sur les sentes perdues, il marche, inconnu,
Drapé de frimas et de désarroi.

Les brumes du printemps remontent de l'étang,
Floutant la vieille grange d'un halo étrange,
Frémissent les bourgeons à l'abri des buissons
Sur les rameaux légers gainés de rosée.

Les brumes de l'été sur la mer azurée
En ligne d'horizon assignent la saison
Des baignades perlées de lumière argentée,
De vagues, d'embruns et de rires sans fin.

Les brumes de l'automne, tristes, fredonnent
Une litanie sur les berges assoupies.
Qu'il bruine ou qu'il pleuve, coule le fleuve
Ensablé de silence et de nonchalance.

Les brumes du cœur entravent l'ardeur
De vivre à plein vent et à contrevent
Jusqu'au rendez-vous d'un matin lumineux
Dissipant le brouillard ; il n'est jamais trop tard.

Les terres intérieures

AU TEMPS DES LABOURS, LES TERRES INTÉRIEURES,
Creusées de béances, ombreuses, se meurent
Dans la froidure glacée qui mord et transit,
Drapée du silence épais de la nuit.

Au temps des semailles, les terres intérieures,
Tracées de sillons, généreux et profonds
Accueillent les semences aux confins de l'hiver,
Promesse de vie, l'horizon s'éclaire.

Au temps du renouveau, les terres intérieures,
Aux feuillages vert tendre légers de douceur,
Abreuvent l'espace baigné de fraîcheur ;
La reverdie soudain réveille l'ardeur.

Au temps des floraisons, les terres intérieures,
Se parent de fleurs aux multiples couleurs,
Offertes en partage pour donner du bonheur,
Rayonnant leur beauté fugace dans les cœurs.

Au temps des fenaisons, les terres intérieures
Captent les senteurs des foins odorants
Rassemblés en ballots dans les prés au couchant
Quand s'allument au lointain les feux de la Saint-Jean.

Au temps de la moisson, les terres intérieures,
À la coupe des blés dorés de l'été,
Chantent les travaux sur un air de musette.
Dissipant la fatigue au tempo de la fête.

Aux temps des feuilles mortes, les terres intérieures
À l'arrière-saison, quand s'étirent les heures
Patientes et nonchalantes, goûtent en profondeur
Une joie inouie devant l'œuvre accomplie.

Au temps du repos, les terres intérieures
Hibernent au ralenti, épuisées du labeur.
Le calme pénétrant apaise les tourments
La morte-saison demeure en suspens.

Et le bleu

Et le bleu de l'aurore, quand s'éveille le jour,
Tamisant la lumière dans un rai de velours…
Et le bleu de l'aurore reflète sa douceur
Au souffle d'un vent léger de fraîcheur.

Et les bleus de nos corps quand la trace des coups,
S'imprime sur la peau des bras et des genoux…
Et les bleus de nos corps gardent sans artifice
La marque indélébile de nos cicatrices.

Et le bleu de la vie sur la ligne du temps,
Diffusant sa clarté sous le soleil ardent…
Et le bleu de la vie se drape de couleur
Des couleurs tout en bleu qui apaisent nos peurs.

Et le bleu des étoffes tissées sur le métier,
En coton, chanvre et lin aux textures serrées…
Et le bleu des étoffes de bonne qualité,
Attire les badauds sur l'étal du marché.

Et le bleu des bleuets qui fleurissent l'été,
Sur le bord de nos haies et parfois dans les blés…
Et le bleu des bleuets compose des bouquets
Qui impriment à nos heures une touche de paix.

Et le bleu de ton âme, quand ton âme a des bleus,
Quand les failles secrètes reviennent dans le jeu…
Et le bleu de ton âme assombrit ton regard,
Et suinte le cafard dans la brume du soir.

Et le bleu de la mer, quand les vagues en colère
Viennent se déliter sur le sable désert…
Et le bleu de la mer, quand la mer se retire,
À l'horizon s'étire dans un dernier soupir.

Et le bleu des crayons qui dessinent des ciels,
En camaïeu turquoise, indigo ou pastel…
Et le bleu des crayons colore les promesses
De nos cœurs tout joyeux d'éternelle jeunesse.

Et le bleu de tes yeux, quand les larmes amères
Embrouillent de regrets le cœur tout à l'envers…
Et le bleu de tes yeux se voile de pleurs,
Inondant ton visage sans éclat ni lueur.

Et le bleu de la nuit sur la terre endormie
Qui repose sans bruit, quand la lune sourit…
Et le bleu de la nuit offre le réconfort
D'un sommeil tout en bleu… à l'enfant qui s'endort.

Table des matières

Mise en page :
Maud Warg

Achevé d'imprimer
en août 2023
par Isiprint (France)
pour le compte de
Saint-Léger éditions

Dépôt légal : août 2023